슬픔 속에 잠긴 나를 꺼내며

슬픔 속에 잠긴 나를 꺼내며

내일이 어두운 당신을 위한 작은 위로

초 판 1쇄 2024년 02월 28일

지은이 양유진
펴낸이 류종렬

펴낸곳 미다스북스
본부장 임종익
편집장 이다경
책임진행 김가영, 윤가희, 이예나, 안채원, 김요섭, 임인영, 권유정

등록 2001년 3월 21일 제2001-000040호
주소 서울시 마포구 양화로 133 서교타워 711호
전화 02) 322-7802~3
팩스 02) 6007-1845
블로그 http://blog.naver.com/midasbooks
전자주소 midasbooks@hanmail.net
페이스북 https://www.facebook.com/midasbooks425
인스타그램 https://www.instagram/midasbooks

ISBN 979-11-6910-519-4 03810

값 16,800원

🏃 **미다스북스**는 다음세대에게 필요한 지혜와 교양을 생각합니다.

슬픔 속에 잠긴 나를 꺼내며

내일이 어두운 당신을 위한 작은 위로

양유진 지음

미다스북스

프롤로그

- 후회로 시작되는 나의 지난날

하루의 일상을 해가 저물 때 시작하게 된 것도 벌써 3년이 되어간다. 욕심을 부려 과한 정신과 약을 먹고 난 뒤부터였다. 잠을 잘 자고 있음에도 불구하고 약을 더 달라고 거짓말한 결과이다.

깨어 있는 동안은 지옥과도 같으니까.
욕심을 부렸다.

당연하다는 듯이 쌓여 있는 쓰레기들과 더미처럼 쌓인 옷더미들은 오늘도 나의 존재 이유를 묻는다.

'오늘은 치워야지.'
'내일은 치워야지.'

그렇게 2주가 지났다.

돼지우리도 이보단 깨끗할 것이다.

그곳엔 관리해 주는 사람이라도 있으니 말이다. 쌓인 쓰레기들을 한참 보다가 화장실로 들어갔다.

뚜껑이 덮여 있는 변기 위에 앉아 한 손에 전자담배 기기를 쥐고 스틱을 기기 안에 욱여넣는다. 구겨지며 들어간 스틱이 진동 소리를 내고, 발열이 시작된다. 기기에서 연기가 흘러나와 발열이 끝나기를 기다리며 생각해 본다.

늘 *후회가 되던 그때*를.

나는

새로운 시작을

좋아하지 않는다.

과거는 과거라고,

묻어야 할 것 같아서.

이제는 정말

잊어야만 할 것 같아서.

하지만 그걸 어떻게 잊어.

나는 못 가.

널 두고 앞으로 나아갈 수 없어.

차라리 내 눈을 가리고

내 발을 가져가.

내일의 나도 살아있을까?

목차

1장

우울은 그렇게
파도 같이 밀려왔다

신이 있다면 내게 이래서는 안 되는 거잖아.

모두가 나를 보며 웃었다

나는 모두를 보며 울었다

처음으로 자살을 결심한 것은

초등학교 2학년 때였다.

햇볕은 뜨겁게 내리쬐고 바람에 휘날리는 나뭇잎들의 소리가 지겹게 느껴졌다. 나는 횡단보도 앞으로 다가갔다.

신호등 하나 없는 촌구석의 횡단보도에는 30분에 한 번씩 지나가는 버스와 특산물을 옮기는 트럭들이 돌아다녔다. 생의 마감을 바라는 내가 횡단보도 앞으로 한 걸음씩 나아갈수록 자동차들의 경적은 커져만 갔다.

세상에 대한 원망과 자괴감이 차올라 눈물이 되어 나올 즈음, 남색 트럭이 내 앞에서 멈추었다. 곧 창문의 유리창이 내려왔다. 그곳에 타고 있던 운전자가 웃으며 나에게 말을 걸었다.

"어서 건너. 뭐, 죽기라도 하려는 거야?"

그는 말을 마치며 하하하 웃었다.
웃을 때가 아닌데.

'내가 당신을 살인자로 만들려고 했어요.'

나는 마지못해 조심히 횡단보도를 건넜다.

나는 이 순간을 가슴 안에 욱여넣고
평생토록 후회한다.

초등학교 1학년이 되는 날이었다.

나는 가짜 머리카락이 달린 머리띠를 착용하고 입학식에 참석했다. 그런 나를 자랑스러운 듯이 입학식 줄에 세운 나의 부모님이 멀리에 서 있었다. 그런 부모님과는 상반되게 멀리서, 그리고 가까이서 들리는 키득거리며 웃는 소리. 그것이 누굴 향해 있는지는 아무리 어린 나였어도 알 수 있었다.

입학을 마친 다음 날, 그 웃음소리는 더 거세지고 날카롭게 들려왔다. 시간이 얼마나 흘렀을까, 내 책상과 가방에 흩뿌려진 우유는 당연한 듯 일상이 되어 내게 다가왔다. 두리번거리는 나와 눈이 마주친 아이들은 깔깔거리며 멀리 도망갔다. 그 모습을 봤음에도 나는 휴지를 가져와 우유를 닦아내는 것 말고는 할 수 있는 게 없었다.

그 뒤로 학교 급식 우유는 내가 혐오하는 것 중 하나

로 등극이 되었다. 그리고 우유를 마시지 않고 화장실에 버리는 날이 시작되었다.

그러자 어느 날 선생님이 우유를 마시라고 아이들 앞에서 나를 혼내었다. 나는 나도 모르게 나오는 울음을 애써 참아내고 우유를 마시기 시작했다. 겨우 다 마셨다 싶었을 때 교실 바닥에 구토를 쏟아내었다. 그 뒤로 선생님은 내게 우유를 마시는 것을 강요하지 않았다. 그러나 아이들이 유통기한 지난 썩은 우유를 내 머리 위에 쏟는 횟수는 늘어났다.

수업이 시작하기 전 미리 교과서를 꺼내어 놓는 것은 내 학교생활의 유일한 뿌듯함이었다. 단정하게 마련된 연필과 교과서는 나를 착한 아이로 만들어 주었다. 그러나 내 생각과는 다르게 의자에 앉아 있는 아이들은 내 앞으로 분주하게 모였다.

여전히 그 망할 입꼬리를 올리면서.

그러고는 나의 교과서를 갈기갈기 찢었다. 나는 여전히 '그래', 여전히 그 모습을 가만히 보고 있을 수밖에 없었다.

어느 날 망가진 나의 교과서를 보면서 눈물을 삼키던 때 한 아이가 내게 다가와 말했다.

"나 같으면 그냥 죽었을 텐데."

그 말이 나에게는 발화점이 되었다. 나는 눈물이 흘러 나오는 눈을 비비다가 곧장 교무실로 달려갔다. 그리고 나를 괴롭힌 아이들을 말했고 선생님에게 그동안의 일들을 호소했다.

그리고 다가온 담임선생님의 수업시간이었다. 선생

님은 색종이로 원하는 것을 만드는 수업을 진행하였다. 내가 고발한 아이들이 한 명씩 차례대로 교탁 앞으로 나가서 선생님과 얘기를 나누는 것을 보았다. 얘기를 마친 아이들은 곧장 나에게 다가와 웃으며 말을 걸었다.

"나는 안 했지? 그치?"

자신은 무고하다는 것을 증명해 달라는 듯이 상냥한 눈웃음을 지었다. 아이들은 한 명, 한 명 나에게 말을 걸었다.

그 상황에서 내가 할 수 있는 것이
무엇이 있었겠는가?

나는 그 순간마다 웃으며 말했다.

"응, 당연하지."

그렇게 나의 첫 발화는 작은 성냥에 붙여진 불을 끄듯이 마무리되었다.

이러한 나에게도 즐거운 날이 있었다. 학기를 마치고 방학식을 하는 날. 그날은 반 아이들 대부분이 상장을 받고 칭찬을 듣는 그런 날이었다. 나는 '착한 어린이상'이라고 적힌 상장을 손에 쥐고 날아갈 듯이 기뻐했다.

나를 괴롭히던 그 아이들도 나와 같은 상을 받는 모습을 보기 전까지는 말이다. 그날 나는 상장을 집으로 가져가지 않고 구겨서 교실 구석 쓰레기통에 넣었다.

집은 내가 쉴 수 있는 공간이었지만
그와 동시에 아니었다.

부모님은 항상 집에 늦게 들어올 거라는 쪽지를 남기고 밤늦게 들어오지 않았다. 밥상 위에 차려진 반찬들과 서늘하게 식어버린 쌀밥은 벌레가 다가오지 못하도록 천으로 덮여 있었다. 내가 할 수 있는 유일한 효도는 밥을 깔끔하게 먹고 설거지통에 넣어두는 것이었다. 학교에서 그런 짓을 당하고 살면서도 밥을 입안에 욱여넣고 하루하루를 살아가는 나 자신이 혐오스러웠다.

어느 날 밤, 천둥 번개가 무서워서 잠에 들지 못하였다. 나와 일상을 함께 보내는 유일한 혈육인 1살 위의 언니는 곤히 자고 있었다. 언니와 나 단둘만 남겨진 집의 텅 빈 거실은 나에게 공포감을 주기에 안성맞춤이었다.

나는 혹시라도 돌아오고 있을지 모르는 부모님을 맞이하기 위해 집 밖으로 나갔다. 밖은 천둥 번개와 비바람이 세차게 몰아치고 있었다. 나는 아파트 계단에 앉아 비를 맞으며 부모님을 기다렸다. 하지만 부모님은 오지 않았다. 차갑게 식어가는 나의 볼에서 눈물인지 빗물인지 모를 액체를 계속 흘려보내며 한껏 쭈그려 앉아 있었다. 그리곤 잠들었다.

눈을 떠보니 나는 따뜻한 이불 속이었다. 나를 발견한 부모님이 날 데려온 것이었다.

부모님은 웃으며 나에게 말했다.

"그러다가 죽어, 죽는다는 게 뭔지 알아?"
나는 몰랐다.

하지만 곧 알게 되었다.

내가 1학년을 마무리할 즈음에 아빠가 날 때렸다. 느

꺼지는 고통과 함께 나는 뒤로 날아갔고 머리를 부딪쳤다. 화난 얼굴과 함께 주먹을 쥐고 있던 아빠의 모습, 그리고 옆에서 말리고 있는 엄마의 모습.

나는 그날 죽음을 배웠다.

아빠는 그날 이후로 술만 마시면 내게 버릇처럼 말했다.

"아빠 말 잘 들어, 안 그러면 그날처럼 맞는 수가 있어."

그러면서 껄껄 웃었다. 환하게 웃었다.

'언제부터였을까. 엄마와 아빠가 싸우는 빈도가 점점 늘어난 것은.'

그런 날이 반복될 때마다 언니와 나는 방안에 갇혀 있어야만 했다. 방문 너머에서 들리는 고함 소리와 비명이라는 파도 소리가 사라질 때까지. 파도가 더 거세게 몰아칠수록 경찰이 집에 방문하는 횟수도 점차 늘어났다. 내가 두려움에 떨고 있자, 언니는 이불로 내 몸을 감싸주었다. 나는 부드럽지만 단단한 이불 속에서 파도가 잠잠해지길 기다렸다.

내가 초등학교 2학년이 되자 엄마와 아빠는 각각 나와 언니를 부르더니 가장 잔인한 질문을 하였다.

"엄마와 아빠 중에 누가 더 좋아?"

내가 아무리 어렸을지라도 그 질문의 의도를 알아차리는 것은 어렵지 않았다.

"나는 둘 다 좋아…"
"그래도 더 끌리는 사람이 있잖아."

머뭇거리며 대답한 내 말은 가볍게 무시됐다. 이어져 내 입에서 나오는 말은 나를 숨 막히게 했다. 나는 무거운 입을 열어 겨우 대답했다.

"아빠가 질문할 때는
아빠가 좋아.
엄마가 질문할 때는
엄마가 좋아."

어린 내가 유일하게 발상할 수 있는 대답이었다.

어느 날, 평소처럼 한참을 싸우던 부모님이 우리 자매를 불렀다. 그리고 다시 그 잔인한 질문을 꺼내었다.

"우리 중에 누가 더 좋아?"

나와 언니는 대답하지 못했다. 우리의 모습을 보던 아빠가 우리 둘의 손을 잡았다. 그리고 엄마를 향해 말했다.

"봐, 둘은 내가 더 좋다고 했어."

아빠의 말을 듣고 나는 엄마의 눈을 쳐다보았다. 배신감과 분노에 절여져서 검붉게 변한 얼굴, 그리고 흐르는 눈물이 내 가슴을 아리게 만들었다. 엄마는 가만히 나를 보다가 언제 준비한 건지 알 수 없는 짐을 들고 집 밖으로 나갔다.

그리고 얼마 지나지 않아 엄마와 아빠가 이혼을 했다는 소식을 듣게 되었다.

혼자서 우리를 키우기로 했던 아빠는 그 태도와는 다르게 언니와 나를 시골에 사시는 조부모님에게 맡겼다.

조부모님은 우리를 환하게 웃으며 맞이해 주셨다.

우리를 '벌'이라는 '폭력'으로 다스리기 전까지는.

우리는 맡겨진 날부터 밤늦게까지 문제집을 풀어야 했고, 틀린 개수마다 매를 맞았다. 그 외에도 공부를 하지 않고 서로 얘기하거나, 시킨 일을 조금이라도 느리게 하면 주변에 있는 사물로 마구 맞았다.

나는 나무로 만들어진 두꺼운 안마기가 제일 아파서 싫어했다. 한때는 그것을 숨겨보기도 했다. 그리고 당연하다는 듯이 나의 결말은 그날 들키고 그것으로 맞게 되었다는 것으로 마치게 되었지만.

그리고 어느 날 강제로 미용실에 가게 되었다. 나는 가기 싫었다. 텔레비전에 나오는 예쁜 공주들은 모두 머리가 길었기 때문이었다. 하지만 나는 두려움이 더

컸다. 나는 가야만 했다. 그래야만 했다.

미용실에서 나오는 그 순간은 할머니와 할아버지 모두 나를 보며 환히 웃었다.

그리고 내가 거울을 본 그때,
나는 죽음을 마음먹었다.

선반의 유리창에 비치는 짧은 내 머리를 마주 보면서 볼을 타고 흐르는 눈물이 멈추지 않았다. 하지만 돌아온 것은 호통이었다.

나는 내가 싫었다. 아무도 날 사랑해주지 않고, 존중해주지 않는 내 삶과 주변인들이 싫었다.

나는 세상이 싫었다.

다음 날 나는 밝은 햇살 아래에서 울었다. 하지만 소리는 내지 않았다. 혼나는 건 무서우니까. 물론, 혼나지 않기 위한 나의 시도는 보기 좋게 실패했지만. 그 뒤로 집에 들어간 후부터 나는 거울이 싫어졌다.

초등학교 2학년, 공부를 하기 위해 새로운 학교의 교실에 들어섰다. 전학생을 처음 본 아이들은 내게 달려왔다. 나는 그 자리에서 울고 말았다.

'두려움'
그것이 원인이었을 것이다.

그 뒤로 새로운 학교의 아이들도 나를 보면서 키득거렸다. 나를 보는 시선과 웃음소리가 느껴지면 숨이 막히고 괴로웠다.

나는 눈물을 멈출 수가 없는데 머릿속에서 웃음소리가 사라지지 않는다.

웃는다.

모두가 웃는다.

나를 보며 웃는다.

내 울음소리는

기도를 통해 나오지 못하고

굳어버린다.

어느 순간부터 나는 착한 아이가 되기 위해 노력했다. 조부모님의 약 먹는 시간을 체크해 주고 시키지 않아도 공부하고 쉬는 시간에는 노래를 부르며 재롱을 부렸다. 하지만 그럼에도 불구하고 사라지지 않는 폭력에 곧 그만두게 되었다.

조부모님에게 맞지 않는 방법은 생각보다 간단하였다. 주먹을 쥐고 스스로 내 뺨을 때린다. 내 앞에서 들리는 고함이 멈출 때까지 계속 때린다. 그러면 더 이상 때리지 않으셨다. 적어도 남에게 맞지는 않았음에 나는 나에게 감사했다.

이제 와서 보면 나는 나쁜 아이였다고 생각이 든다.

이렇게까지 괴롭게 살아온 걸 보면 분명 그럴 만한 이유가 있었을 거야.

그렇지 않은가?

아니라고 하지 마.

제발.

내가 정당한 이유 없이

괴로운 시간을 보냈다고

하지 마.

부탁이야.

이렇게라도

합리화를 하지 않으면

누가 날 이 과거에서

꺼내줄 건데.

2학년 수업시간 중에 친구들에게 듣고 싶은 한 마디를 적고 꾸며보는 시간이 있었다. 나는 친구란 게 없었으니까, 듣고 싶은 한마디 같은 게 존재할 리가 없었다. 그럼에도 곰곰이 생각을 쥐어 짜내다가 떠올려냈다.

그 말은 한마디였다.

"안녕."

나를 보고 웃고 도망가는 아이들에게 듣고 싶었던 것은 그저 평범한 "안녕."이라는 말이었다.

나는 검은 연필로 '안녕'이란 말을 크게 적고는 분홍색 색연필로 그 글자를 둘러싼 하트를 그렸다.

그리고 선생님은 나를 포함한 아이들의 듣고 싶은 한마디를 교실 뒤 칠판에 붙여 놓았다. 그 옆에는 커다란 내 이름과 함께.

그리고 아이들은 내 종이를 살펴보더니 이게 뭐냐고 비웃었다. 그 뒤로 내가 지나칠 때마다 "안녕?"이라고 말을 걸었다. 물론 킥킥거리는 웃음소리는 빠트리지 않고 말이다. 그 덕분에

"안녕."이라는 한마디는 내가 가장 싫어하는 말이 되었다.

나는 그날, 수업이 끝난 후 혼자 남아서 다른 아이들

의 듣고 싶은 말들을 보았다.

 "사랑해."

 "넌 정말 똑똑해."

 "멋져."

 번지르르한 말들이 보였다. 나는 언제 저런 말들을 들은 적이 있나 고민하게 되던 말들. 나는 아이들에게 절대로 그런 말을 들려주지 않겠다고 다짐한 후 집으로 돌아왔다.

내가 원하는 말 같은 건

들을 수 없다는 걸 알고 있어.

내가 바라는 것들은

이루어질 수 없다는 걸 알고 있어.

그렇지만

무언가를 바랄 수 있는

나를 사랑해.

내가 초등학교 4학년이 되었을 때 나와 친하게 지내던 친척분이 자살했다는 소식을 듣게 되었다. 모두에게 인사를 하고 그 뒤에 농약을 마셔버렸다고 한다. 손쓰기에는 너무 늦었을 때 병원에 도착하여 돌아가셨다고 하였다.

어른들은 내가 알지 못하도록 하려는 노력조차 하지 않았다. 오히려 내 손을 붙잡으며 저런 멍청한 짓을 하는 사람이 되지 말라고 중얼거렸다.

나는 자살 소식을 들은 당시에 들었던 생각을 입 밖으로 꺼내지 않기로 했다. 나는 이렇게 생각했기 때문이다.

'부럽다.'

　나는 그분의 장례식에 참석하였고 영정 사진을 마주
보았다. 솔직하게 어떤 모습이었는지 지금은 기억이 나
지 않는다. 그저 사진 앞에 무릎을 꿇고 허망하게 쳐다
보기만 하는 그분의 어머니인 할머니의 모습만 기억에
남았다.

　그 모습이 계속 잊히지 않는다. 아마 내가 처음으로
마주한 공허가 그게 아닐까 하는 생각이 든다.

　나는 집에 돌아와서 돌아가신 그분의 핸드폰에 문자
를 보냈다.

　[보고 싶어요. 돌아오세요.]

당연하게도,

닿지 않았을 것이다.

내가 아닌 다른 것을

나는 변한 것 하나 없이 중학교에 입학했다. 내가 다니던 초등학교 근처 중학교였기에 학급 아이들도 크게 변한 게 없었다. 이 말은 즉, 내 학교생활도 변한 게 없는 웃음소리 가득한 곳이 되었다는 말이다. 물론 부정적인 의미로.

나는 중학교에 입학하면서 스마트폰으로 핸드폰을 바꾸게 되었다. 덕분에 인터넷과 친구를 맺을 수 있었다. 인터넷을 하던 도중 처음으로 자해라는 단어를 알게 되었다. 나는 그제야 어릴 적부터 커터 칼로 내 팔을 그은 행위가 자해였음을 알게 되었다.

그러던 와중에 자살한 사람에 대한 내용이 적혀 있는 기사를 발견하게 되었다. 도와달라고 신호를 보냈으나 도움받지 못해 끝내 스스로 세상을 등져버린 사람의 이야기였다. 기사를 다 읽고 눈물이 났다. 이게 내 미래구나 싶었고, 얼마나 힘들었을까…. 나는 눈물을 흘리며 슬픔에 잠겼다.

중학교 2학년이 되면서 남들 다 겪는다는 중2병이 찾아온 듯하였다. 이제는 조부모님의 폭력은 견딜 수가 없었다. 나는 비명을 지르거나 물건을 뒤엎는다거나 툭하면 집 밖으로 뛰쳐나갔다. 갈 곳도 없는데. 그러면 폭력이 돌아오지 않았다.

그제야. 이제야. 드디어.

폭력을 멈추게 하기 위해서 가장 효과적인 행동은 아

이러니하게도 자해를 하는 거였다. 눈앞에서 보란 듯이. 칼로 내 몸을 찢듯이 그어 내면 조부모는 자리에 멈춰 서거나 칼을 빼앗고 자기들이 잘못했다고 말했다. 물론 이 말을 한 지 얼마 되지 않아 다시 돌아오는 건 폭력 이었지만.

그 적은 나이여도 나는 알고 있었다. 이 사람들이 두 려워한 것은 소중한 내가 죽어버릴까 하는 걱정이 아니 라, 내가 죽은 뒤의 상황을 두려워하는 것임을.

그래, 내가 아닌 그 후에 감당하여야 하는 일을 두려 워하는 것을.

내가 아니고 다른 것을.

머리가 어질어질
오늘도 벽에
머리를 박아본다.

당연한 듯 욱신거린다,
그럼에도
나는 살아있지 않다.

거짓된 구원을 받다

나는 어릴 적부터 교회를 다녔기에(강제로) 교회에 제법 지인들이 있었다. 그중 가장 친했던 어른 A는 내가 곤란한 상황에 처했을 때 자신의 집에 초대해서 재워 주는 등 큰 도움을 주었다. A와 나는 서로 요리도 해 주고 얘기도 나누면서 나는 더더욱 A에게 의지하기 시작했다.

그러던 어느 날 학교를 다니던 나에게 경찰이 찾아왔다. 경찰은 학교 상담실로 나를 불러서 대화를 시작하려고 했다. 자신이 평소 무엇을 잘못했는가 없는 죄라도 만들어서 뉘우치던 그때, 경찰은 A와 나의 관계를 물었다. 나는 당황해 하며 친한 사이라고 대답했다. 그 뒤에 경찰 두 명은 서로를 잠시 마주 보더니 마저 말했다.

"A라는 사람은 학생과 같은 또래 아이들을 집에 데려와서 수면제를 먹이곤 성추행을 해 왔습니다."

나는 순간 벼락을 맞은 듯했으며 그 자리에서 아무 말도 하지 않고 굳어있었다. 그런 나를 보며 경찰은 아무 말 하지 않다가 말을 이어갔다.

"혹시, 알고 계셨습니까?"

나는 튀어 오르듯이 즉답했다.

"아뇨! 알고 있었으면 신고했겠죠!"

그러자 경찰이 이어서 말했다.

"그러면 신고하시겠습니까?"

경찰은 그 한 마디와 함께 이미 다른 사람이 신고를 한 상황이고, 나 또한 이중으로 신고를 할 수 있는 상황 이라고 설명하였다.

그 말을 듣고 나는 굳어있었다. 내가 가지고 있던 감 정은 배신감, 혼란스러움 그리고… 이전에 행복했던 감 정들이 수면 위로 떠올랐다.

"아뇨…. 신고는 안 할게요."

나는 이 충격적인 상황에서 눈물 한 방울 흘릴 법했지 만 왜인지 눈물이 나지 않았다. 그저 자신의 삶에서 유일 한 행복을 느낀 그 순간조차 거짓이었구나. 나는 허망하게 웃으며 그 일을 머릿속에서 지워 버리자고 다짐했다.

어차피 나를

소중하게 여기는 사람은

어디에도 없으니까.

세잎클로버

　나는 혼자 즐길 수 있는 여가 시간이 생기면 풀숲으로 가서 나무 근처에 자란 클로버 뭉치를 찾는다. 행운을 의미하는 네잎클로버는 기대조차 하지 않았다. 그저 행복을 의미하는 세잎클로버만을 딸 뿐이다. 그래, 나는 내가 행복하길 빌었다. 가시투성이 길을 걸어왔던 내가 조금이라도 사랑받고 행복했으면 좋겠다는 생각과 함께 클로버를 땄다. 줄기를 꺾어 교과서 틈에 끼워 두면 제법 보기 좋은 수집품이 된다.

　하지만 이런 내 바람을 하늘이 비웃기라도 하는가 보다. 열심히 수집해 놓은 클로버들은 조부모의 손에 의해 갈기갈기 찢겨 쓰레기통에 버려졌다. 한 번 찢겨 버려진 클로버들을 보고 나는 다시는 클로버를 쳐다보지도 않았다. 그리고 생각했다.

'내가 너무 큰 걸 바랐나 보다.'

이렇게 나 자신을 수긍시키려 했지만 뺨을 타고 흘러내리는 눈물은 멈출 수가 없었다. 행복은 뭘까, 무엇이길래 나는 가질 수 없는 걸까.

저 길가에 널려 있는 작은 행복조차도 난 가질 수 없구나.

제발….

신이 있다면

내게 이래서는

안 되는 거잖아.

슬픔 속에 잠긴 나를 꺼내며

죽음이라는 희망을 꿈꾸다

매번 죽고 싶어 하던 내 바람을 이루어 주려고 했던
걸까, 나는 중학교 3학년을 맞이하고 얼마 되지 않아 교
통사고를 당했다. 내가 타고 있던 차량이 운전자의 졸
음운전으로 인해 다리 아래로 굴러떨어졌다.

그 사건이 일어난 직후 나는 망가진 차 안에서 누워
있었다. 온몸이 고통스러워도 나는 차의 천장을 쳐다보
며 생각했다.

'이 정도면 입원을 할까?'

'학교에 안 갈 수 있을까.'

그리고 곧 졸음이 쏟아지던 찰나, 구급 대원분들이 오셔서 차 문을 뜯어내고 나를 꺼내어 들것에 올렸다. 나는 여전히 졸음이 쏟아지는 와중이었기에 그대로 눈을 감았다. 하지만, 그것도 잠시. 구급 대원이 내 뺨을 두드리며 나를 깨우고 계속 내 이름을 물어보았다.

나는 계속 눈을 감았다. 구급 대원의 행동이 왜 그런지 예상이 갔기 때문이다. 이대로 내가 눈을 감고 잠들어 버리면 어쩜 눈물 흘리며 잠에 들지 않아도 될 거라는 희망이 나타난 듯하였다. 나는 눈을 감고 아무런 말도 하지 않았다.

그저 내게

다음 날이라는 게

존재하지 않길 바랐다.

눈을 떠보니 나는 어느 종합병원의 응급실이었다. 아, 나는 죽지 않겠다는 생각이 들자마자 그제야 감춰져 있던 고통이 나를 감쌌다. 괴로운 검사가 끝나고 나는 중환자실로 이동되었다.

척추 분쇄골절, 안면 골절, 갈비뼈 골절로 인한 폐 손상. 같은 차를 타고 있던 다른 사람들은 모두 가벼운 부상에 그쳤지만 나는 아니었다.

중환자실에 혼자 남겨졌을 때 나는 생각했다.

'오늘이 기회였는데, 내가 무리해서라도 더 다쳤어야 했는데.'

나는 울었다.
적막만이 흐르는 그 중환자실에서 소리 내어 울었다.

내가 할 수 있는

유일한 불복종이었는데.

나는 전치 12주 판정을 받고 치료 후 학교에 다시 등
교하게 되었다. 3학년의 분위기는 고입 준비의 기운으
로 가득 차서 숨이 막혔다. 나는 공부고 뭐고 신경 쓰지
않았고 그렇게 내신이 낮아도 갈 수 있다고 소개받은
상업고등학교를 가게 되었다.

고등학교는 중학교서부터 먼 지역이었기에 그 이후의
생활은 드디어 조부모님의 집에서 벗어나서 아빠와 언
니 그리고 나 셋이서 살게 되었다. 아빠랑 산다는 게 좀
그렇긴 했지만 아빠는 평소에는 잘 화내지 않으니까. 아
니 오히려 무관심하다고 할까. 그런 자율성이 난 좋았다.

나는 고등학교 입학식에 참여하면서 주변 사람들을 둘러보고 없던 외향성을 끌어올려 옆 친구에게 말을 걸었다. 다행히 그 친구는 나를 잘 받아주었고 그 친구를 통해서 다른 친구들도 사귈 수 있었다. 그렇다고 해서 내 과거가 사라지는 건 아니지만 그래도 행복했다.

어젯밤에 언니랑 대화를 하는데
내 말이 이상하게 들렸다.

귀에서 한 사람이 더
말하고 있는 것 같았다.

나는 방에 홀로 있었는데
누구였을까.

문제는 고등학교 2학년이 되면서 시작되었다. 전부터 들린다고 착각으로만 미뤄 두었던 환청 증상이 내게 선명하게 찾아왔다. 그뿐만 아니라 환시, 환촉 모두 찾아왔다. 나는 괴로웠다. 괴로움에 속이 타들어 가는 듯하다가 어느덧 공허함에 휩싸였다. 친구, 가족 이 모든 게 아무 의미 없게 느껴졌다. 그 순간부터 나는 점심을 거부했다. 친구들의 재촉도 거절하고 혼자 점심시간에 교실에 남아 있었다.

나는 그 적막이 마음에 들었다. 항상 소란스럽던 교실이 이리도 텅 빈 장소가 되어 날 감싸 안다니 정말로 중독되어 버릴 것 같았다. 그날부터 홀로 점심시간을 보내는 것이 내 일상 중 하나로 정해졌다.

하지만 그런 세월을 보내는 것도 잠시였다. 한 아이가 내게 걱정스레 말을 걸더니 그 아이의 무리들이 나를 급식실로 데려갔다. 그리고 그것은 다음 날, 또 다음 날에도 계속해서 이어졌다. 나는 속이 안 좋아서라는 이유로 거절을 했지만 내 팔을 잡고 데려가고 말겠다는 의지 앞에서 나는 무너졌다. 그걸 계기로 그 무리들과 나는 급속도로 친해졌다. 그리고 이 아이들은 현재의 내 친구들이기도 하다. 지금 생각해 보면 제법 고마운 행동이었다.

이별은 소리 없이 찾아왔고
이해하기에 나는 너무나 어렸다.

2장

내가 온전한 절망을
받아들이는 방법

그저 내게 다음 날이라는 게
존재하지 않길 매일 밤 기도했다.

나는 나 자신과 타협하며 살아왔다.

이때까지만 살자, 라고

중학교를 입학할 때까지만. 고등학교를 입학하기 전까지만. 이렇게 말이다. 그런 나에게 절대로 넘고 싶지 않은 나이가 있었다. 그건 바로 성인의 나이였다.

나 자신이 성인이 되는 것을 두고 볼 수가 없었다. 왜냐하면 내가 가장 혐오했던 자들이 되고 싶지 않았기 때문이다. 그렇기에 나는 학교 체육 대회가 끝나는 그 날에 알람을 맞춰두었다.

그것은 자살 알림이었다.

나는 그날 등교하기 전 메모장에 글을 써 두고 등교했다.

햇볕이 내리쬐는 체육대회 날.

과거의 그날이 자꾸만 떠올랐다. 나는 지금까지 그래 왔던 것처럼 일찍 등교하고 적막한 교실을 만끽하려고 했다. 하지만 교실은 체육대회를 위해 단장을 하는 아이들로 가득했다. 여기서 첫 단추가 틀어졌을까. 나는 친구들의 친화력에 휩싸이듯 체육대회를 즐겼고, 그렇게 대회가 마무리되었다.

드디어 나의 죽음을 위한 타이머가 움직이기 시작했다.

위치는 선정해 두었다. 사람이 잘 오고 가지 않는 곳. 적막한 곳, 창문이 온전히 개방될 수 있는 높은 곳. 그곳으로 정해 두었다. 그렇게 나는 교실에 온전히 홀로 남기만을 기다리면서 가만히 교실 의자에 앉아 있었다.

그런 나를 어떤 아이가 유심히 보더니 나를 낚아채고 같이 집에 가자고 했다. 나는 최대한 자연스럽게 말하려고 노력했다.

"버스 시간이 남아서… 너 먼저 가."

하지만 전부 티가 난다는 듯이 그 아이는 나를 데리고 학교 밖으로 나왔다.

왜, 왜왜. 나한테 왜 그랬던 거야.

나는 그 아이가 원망스러웠다. 하지만 그럼에도 아이는 아랑곳하지 않았다. 그리고 자신의 무리가 있는 친구들에게 나를 데려갔고 같이 하교하게 되었다.

새삼 생각해 본다. 내가 그 아이를 원망할 자격이 있을까. 진심으로 반항했다면, 그 손길을 뿌리쳤다면. 나는 정말로 죽을 수 있었을까. 어쩌면 나는 나 자신의 무력함을 그 아이의 잘못이라고 덮어씌우고 싶은 걸지도 모른다.

그렇게 나의 계획은 무산되고, 나는 성인이 되었다.

계단을 오르지 않으면 어른이 되지 못할 줄 알았는데. 시간만이 나를 덮어 버린다는 것을 부정하고 싶었어요. 매일 아침 일어나면 얼굴이 없어져 있는 기분을 아나요.

일어나고 아무 생각 없이 걷다가 누군가가 말을 걸면 내 머릿속에 가짜 감정만 꾸역꾸역 담아 갈 뿐이죠.

나는 웃어요. 웃고, 웃고, 웃어요.
이러한 노력은 무슨 의미가 있나요?

오늘도 머리가 어질어질해요. 쓰러질 듯 아찔하면 그제야 식은땀이 나오고 정신을 차리려 하죠. 그래도 웃어지지 않아요. 망가졌나 봐요. 나는 점점 죽어만 가네요

망가져 가는 나를 받아들이기

2020년 나는 처음으로 정신과를 방문하였다.

모든 환각과 망상이 내가 조절할 수 있는 수준을 넘어서 주변인들도 알아챌 정도로 드러나기 시작했기 때문이다. 나는 인터넷을 검색해서 가장 유명하면서도 빨리 진료를 볼 수 있는 곳을 찾았다.

의사 선생님을 찾아 만나고 내 증상을 설명했다. 내 증상이라고 함은 하루 종일 내가 신이 되는 망상을 한다든가, 혼잣말, 와해된 언어를 하는 것, 그리고 환각들이 있었다. 나는 여러 심리 검사를 했고 의사 선생님은 중증의 우울도가 보인다고 하였다.

예상은 했지만…. 뭐, 썩 좋은 소리는 아니었다. 그 뒤로 이어지는 소리는 뻔했다. 계속 병원에 방문하라는 내용과 약을 처방해 주겠다는 내용.

처음 약을 처방받고 확인한 약 봉투의 내용물은 정말이지 자세히 들여다 보아야 보일 정도의 작은 약들이 들어 있었다. 부작용이 나타날 수 있다고 겁을 주시더니 '고작 이 정도로?'라는 생각과 함께 플래그를 세우고 약을 먹은 뒤 잠에 들었다. 그리고 그날 밤은 온전히 잠에 들 수 없었다.

처음 먹는 정신과 약의 부작용은 정말로 힘들었다. 온몸에 열이 나는 듯하였고, 불안감과 우울감이 나를 덮쳐 왔다. 부작용이 사리진 것은 복용을 시작한 지 며칠 후의 이야기이다.

처음으로 정신과에 왔다.

나른하면서 조용한 노래가 밝은 음을 내지 못해

분위기를 가라앉게 만드는 듯한 기분이다.

정적 사이에서 웅성이는 간호사들의 목소리.

일상 얘기가 옆에서 오고 간다.

답답하고 괴롭다.

늑골이 폐를 감싸 죄는 느낌이 든다.

불안한 내 모습이 겉으로 드러났는지 기다리는 환자들의 시선이 내

게로 꽂힌 기분이 들었다. 어서 나가고 싶다….

나는 어릴 때부터 고양이를 정말 좋아했다. 그러나 키우지 못했다. 늘 아쉬운 마음을 가슴 한쪽에 고이 두고 포기하면서 살다가 아빠에게 제안했다. 이번 학기 성적의 전부를 A 이상 받아 오면 고양이를 데려올 수 있게 해 달라고. 이 말을 들은 아빠는 웃으면서 수락했다. 왜냐하면 당시 내 대학 성적은 적기도 민망할 정도로 처참했기에. 그렇게 내 공부는 시작되었다.

결론부터 말하자면 내가 이겼다. 인생에서 무언가를 향한 의지가 이렇게 강했던 것은 이번이 처음이자 마지막일 것이다. 신난 나와 언니는 냉큼 고양이 용품들을 알아보기 시작했다.

처음으로 데려오기로 한 고양이는 학교 커뮤니티 사이트에 올라온 새끼 고양이였다. 수의대학에서 임시 보호하고 있던 예쁜 노란 눈과 삼색 무늬를 가진 고양이가 언니와 내 눈에 쏙 들었다. 우리는 부리나케 연락을 했고, 그리고 곧 답이 왔다. 이미 다른 분이 데려가기로 하셨다고…. 우리는 아쉬운 마음에 다른 아이들을 찾아보았지만 역시 처음 본 그 아이가 잊히지 않았다.

그리고 그 뜻을 하늘에서 들었는지 며칠 뒤 그 아이를 데려갈 생각이 아직 있냐는 문자를 받았다. 우리는 당장도 가능하다는 의지가 담긴 문자를 보냈고 고양이 용품 또한 모두 준비가 되었기에 그날에 바로 데려왔다.

낯선 곳에 온 삼색이를 위해서 우리는 아이를 집에 데려오고 맛있는 간식을 챙겨준 뒤 멀리서 지켜보기만 하였다. 서서히 적응할 시간을 주기 위함이었다. 적응을 못 하면 어떡하지라는 걱정이 무색하게 삼색이는 바로 우리에게 다가와서 애교를 부렸다. 정말이지 사랑스러운 아이였다.

　두 번째 아이는 삼색이와 같은 고양이 친구를 데려오기 위해서 찾아다녔다. 찾던 중 한 가정집 고양이 부부가 아기들을 낳았는데 데려갈 사람을 구하길래 그곳에서 한 마리 데려왔다. 회색의 작은 고양이는 다른 평균 아기들에 비해 몸집이 작고 말라 보였다. 발톱도 길게 방치되어 있었다. 나는 이 회색이를 삼색이와 격리된 공간에 데리고 있었다. 놀랍게도 이 아이도 사람을 무서워하지 않고 바로 애교를 부리기 시작했다. 어쩜 이렇게 사랑스러운 아이들만 집에 오게 된 걸까? 행복했다.

　그렇게 우리에겐 새로운 두 마리의 가족이 생겼다.

어쩌면

생애 가장 무책임한 선택일 것이다.

그래도 나는 할머니를

고등학생이 되면서 조부모님과 헤어지게 된 이후로 할머니에게 거의 매일 연락이 왔다. 잘 지내냐, 밥은 먹었냐 등의 이유로 매번 전화가 왔다.

내 인생을 망가뜨리게 만든 주원인이면서 왜 이제 와서 날 걱정하는 거지.

나는 전화가 올 때마다 화만 났다.

그리고 어느 날 아빠가 말했다. 할머니의 뇌에 주먹 크기의 종양이 발견되었다고. 그렇기에 우리 집 근처 대학병원에서 방사선 치료를 받는 동안 집에 묵게 되실 거라고.

나는 정말 싫었다. 내가 죽든 말든 상관없다는 듯이 마구잡이로 날 때렸던 그 할머니가 우리 집에 산다고? 정말 지옥 같은 소리였다. 그러나 그 생각은 할머니를 오랜만에 마주한 뒤로 바뀌게 되었다.

종양으로 인해 눈으로서의 기능을 상실한 왼쪽 눈. 마르고 주름진 전신에 나도 모르게 동정심이 생겨 버렸다.

할머니는 집에서 생활하시는 동안 대부분은 TV와 함께 하셨다. 나는 그런 할머니를 위해 하루에 있던 일상 얘기나 조금이라도 재미있었던 얘기가 있으면 할머니에게 달려가 이야기해 주곤 했다.

할머니는 *기뻐했다.*
나도 *기뻐했다.*

그렇게 할머니는 할 수 있는 모든 치료를 받고 본가로 돌아가게 되었다. 나는 시원섭섭한 마음으로 할머니를 보냈고, 그 뒤로 할머니의 목소리를 들을 수 없었다.

과한 방사선 치료로 인해 피폭되어 버린 할머니는 말수가 적어지고 걷는 것조차 힘들어하시더니 결국엔 병상에만 누워 살게 되었다. 나는 가끔씩 할머니 곁에 앉아 내가 할 수 있는 최대한 재미있는 이야기들을 늘어놓곤 하였다. 듣고 있으리라 희망하며.

그리고 어느 날 집에서 생활하던 중 할머니가 위독하다고 연락이 왔다. 그리고 약간의 시간이 흐른 뒤 할머니가 돌아가셨다는 소식이 들려왔다.

나는 다음 날 할머니의 장례식에 참석하였다. 하지만 그것도 잠시, 어쩔 줄 모르는 내 감정을 이겨내지 못하고 나는 그 장소에서 나오고 말았다.

내가 지금 무슨 감정을 가져야 정상적인 사고라고 할 수 있는 걸까? 한참 고민하다가 생각을 놓아 버렸다. 하지만 눈물은 나오지 않았다. 나는 바깥에서 몇 시간을 가만히 서서 생각만 하다가 홀로 집으로 돌아왔다.

이제 와서 작별 인사를 하기엔 너무 늦었죠.

그래도 나는 할머니를 ….

아빠의 거짓말

정신과에 다니기 시작한 지 몇 개월이 지났다.

그 후 보건소의 정신과 비용 지원금을 받기 위해 진단서를 받았다. 진단서에는 조현병과 중증도의 우울 에피소드라고 적혀 있었다.

나는 그렇게 적혀 있는 진단서를 집에 와서 바라보며 한참을 울었다. 내 고통이 낙인 받아서? 인정받아서? 아니, 모르겠다. 그저 눈물이 흘렀기에 흘려보냈을 뿐이다.

한참을 나 자신의 고통과 마주하면서 정신병원 입·퇴원을 반복하며 나 자신과 싸우고 있을 때,

아빠의 암 말기 소식을 들은 건 그로부터 얼마 되지 않은 날이었다.

눈이 차마 내리지 못하던 2021년 1월 내가 정신과에 입원해 있을 때, 언니가 소식을 전해 주었다. 아빠가 간암 말기라고, 생존 확률은 거의 없다고.

그 소식을 들은 나는 웃으며 부정했다.

"농담이지?"

그리고 곧 웃을 수 없었다.

언니와의 전화를 마치고 홀로 정신과에 놓인 나는 생각했다. 언제, 언제부터였을까. 비정상적인 세포들이 아빠의 몸에 자리를 잡게 된 것은.

매년 초가 되면 언니와 내가 아빠에게 습관처럼 말한
게 있다.

"건강검진 받았지?"

그러면 아빠가 습관처럼 대답했다.

"그럼~ 의사 선생님이 아빠는 너무 건강하다네?"

거짓말이었다.
모든 게 거짓말이었다.

나는 세상이 무너진 듯했다.
그리고 병원 내의 환자들을 쳐다보았다.

아무것도 모르는 환자들은 웃고 떠들며 TV나 보고

있었다. 노래를 흥얼거리며 돌아다니는 사람도 있었다.

괴로움에 숨을 쉴 수가 없었다.

뭐가 좋다고

웃고 있는 거야.

우리 모두 괴로운 것

아니었냐고.

왜

나만 괴로워 보이는 거야.

간암 말기 판정을 받은 아빠는 치료하겠다는 의지를 보이지 않았고 오히려 술을 더 마시기 시작했다.

그리고 하나의 사건이 터지고 만다.

여느 날처럼 아빠가 술에 취해 집에 들어온 참이었다. 그 시각은 새벽이었고 주변 이웃들이 다 자고 있을 시간이었다. 그리고 언니는 야간 아르바이트를 하러 나갔었다.

집에 돌아온 아빠는 청소기를 들고 청소하려고 했다. 나는 이웃들이 잘 시간이니까 내일 하라며 아빠를 말렸다. 그리고 아빠는 나를 때렸다. 주먹으로 마구 날 내리쳤다. 소리치면서 뭐라고 했던 것 같은데 머리가 울려 듣지 못했다.

얼마나 지났을까. 곧 아빠는 정신을 차렸는지 내게 화해를 요청했다.

화해?
우리가 싸운 거였나?
내가 일방적으로 처맞은 게 아니라?

그럼에도 나는 아무 말도 없이 그것을 받아들일 수밖에 없었다. 거절하면 어떻게 되는지 알고 있었기에. 나는 벌벌 떨며 아빠의 손을 잡았다.

아빠는 곧 방에 들어가 잠을 잤고 나 또한 방에 들어가 나오지 않았다. 덜덜 떨며 있었다. 그리고 언니한테 전화를 했다. 받지 않았다. 귀에서 피가 흐르고 머리가 계속 울렸다. 하지만 신체적 고통은 문제가 아니었다. 언니는 곧 연락을 받았고 당장 자기가 일하고 있는 곳으로 오라고 했다. 나는 택시를 타고 달려갔고 언니를 만나고 계속 울었다.

언니는 아빠에게 연락해서 화를 냈고, 아빠는 3일간 집에 들어오지 않겠다고 말을 한 뒤 전화를 마쳤다. 떨림과 눈물이 멈추지 않았다.

나는 언니와 함께 집에 돌아간 뒤 내 방으로 들어가지 않았다. 언니 방에 들어갔다. 언니의 방구석에서 나는 계속 울었다. 그리고 저주했다. 차라리 아빠가 암에 걸린 게 다행이라고, 어서 죽어버렸으면 좋겠다고 계속 저주를 반복했다.

그 이후 3일간은 스마트폰에서 재밌는 것만을 찾아보며 강제로 재미를 뇌에 주입했다. 그럼에도 웃음은 나오지 않았다. 적어도 그 끔찍한 기억을 잠시라도 잊기 위해서 봤을 뿐이다. 그리고 3일이 지나자마자 아빠가 집에 들어왔다.

나는 여전히 언니의 방에서 나오지 않고 아무것도 못 들은 척을 하며 이어폰을 귀에 꽂았다. 그리고 최대한 스마트폰에서 시선을 떼어내지 않았다. 아빠 또한 나에게 아무 말 없이 자기 방으로 들어갔다.

그 상태에서 며칠이 지났을까. 아빠가 쓰러졌다는 연락이 왔다.

언니와 나는 잊고 있었다. 아빠가 암 말기 환자였다는 것을.

우리는 연락을 받고 찾아갔을 때 들은 소식은 간에서 발생한 출혈 때문에 신체 내부에 피가 너무 많이 고여서 과다출혈 직전이라고 들었다. 당장 시술에 들어가야 한다고 했다.

우리는 시술에 들어간 아빠를 밖에서 기다렸고 결과는 성공적이었다. 그러나 당분간은 입원해야 한다고 했다. 하지만 아빠를 간호해 줄 수 있는 건 아르바이트를 하고 있는 언니를 제외한 나뿐이었다.

그래, 나.

그날을 잊지 못하고 살던 나.

나는 어쩔 수 없이 알겠다고 대답했다.

아빠는 의식이 돌아오고 옆에 있는 나를 보며 그날은 없었던 것처럼 일상적인 얘기를 하기 시작했다. 병원 침대가 마음에 든다거나 TV에 나오는 영화가 재밌다거나 그런 일상적인 얘기들 말이다.

그러던 와중에 아빠는 한 편의 시를 보여주며 이것을 읊조려 달라고 부탁했다. 나는 병상 옆에서 조용히 시를 소리 내어 읽었다. 내용은 기억이 거의 나지 않는다. 그저 '희망을 버리지 말라.'와 같은 흔해 빠진 구설과 같은 내용이었다는 것만 기억에 남는다.

아빠는 어째서 내게 그런 시를 읽어 달라고 했을까? 희망이 보이지 않는 자신의 몸 상태에 대해 약간의 희망이라도 가지고 싶었던 걸까? 그런데 왜 하필 옆에서 가장 빨리 죽기를 바라는 나에게 읽어달라고 한 걸까. 읽어 줄 대상을 잘못 짚어도 한참을 잘못 짚었다.

아빠는 곧 퇴원했다. 상태가 호전적으로 변해서가 아닌 더 이상 치료해 줄 수 있는 것이 없다는 병원의 입장 하에. 그렇게 우리는 집으로 돌아갔다.
지옥 같은 그 집으로.

집에 돌아온 아빠는 나와 병원에 있던 동안 나와 예전의 관계로 돌아갔다고 생각했는지 아무렇지도 않게 농담도 하고 웃고 밥도 같이 먹자고 했다. 내가 생명의 위협을 느끼고 억지로 웃음을 짓는 거라곤 고려해 본 적도 없다는 듯이.

그리고 며칠 뒤 응급실 신세가 된 건 아빠가 아니라 내가 된다.

뭉쳐있는 실이

엉킨 머리카락처럼 보이고

모든 상냥함이

준비한 것처럼 느껴져서….

이유를 모르겠는 병

어느 날, 평소처럼 억지로 웃음을 지으며 아빠와 밥을 먹던 중 심각한 어지러움을 느꼈다. 나는 가만히 누워서 상태가 나아지길 바랐으나 나아지지 않고 반복해서 구토가 나왔을 뿐이다. 그렇게 나는 응급실에 가게 되었다.

응급실에서 여러 검사를 거친 결과는 '이유를 모르겠습니다.'였다. 나는 어지럼증이 완화되는 약을 맞고 귀가했다. 그러나 증상은 그대로 였다. 세상이 빙글빙글 반복되어 나오는 구토에 화장실에서 나오기 힘들었다. 괴로워하는 나를 본 언니는 나를 자꾸 응급실에 데려갔지만 의사 선생님의 대답은 여전하였다.

생지옥에 빠진 나는 정신적으로도 나약해져서 계속 자살시도를 했다. 처방받은 정신과 약과 수면제를 잔뜩 먹거나, 칼로 마구잡이로 나를 긋는 등 정말로 내가 미쳐버린 것만 같았다.

그러던 중 신경과를 방문하게 되었고 그곳에서 약을 처방받게 되었다. 그곳에서 받은 약은 정말이지 끔찍했다. 그 약은 어지럼증을 완화시켜 주기는커녕 나에게 악몽을 선사했다. 말 그대로 좋지 않은 꿈. 언니가 내 눈앞에서 죽거나, 내가 반복적으로 살해당하거나, 그런 꿈들을 계속해서 꾸게 되었다. 그렇게 수면제를 먹어도 하루에 최대 20분을 자는 게 최선이 되었을 즈음에는 집에서 비명을 질렀다. 비명을 지르다가 울다가 다시 비명을 지르는 것을 반복했다.

그리고 이것은 내가 수면제와 진정제를 한 번에 80알

복용하는 그날을 기점으로 멈추게 되었다.

　모든 걸 포기하고 싶어서 피투성이가 된 내 양팔을
보다가 약 봉투들을 뜯어 모조리 으깨어 뜨거운 물에
녹여서 마셔 버렸다. 괴로운 맛이 온몸에 퍼져 나갔지
만 이것을 끝낼 수만 있다면 뭐든 상관없었다. 그 뒤론
기억이 잘 나지 않는다.

　하지만 나는 살았다. 응급실에서 약 23시간을 잠든
뒤 일어나고선 더 이상의 어지러움은 없었다.

　그렇게 나는 살아버리고 말았다.

모든 것을 몰아붙이고 오로지 나만을 동정한다. 가엾게 여기고 불쌍해 하며 쓰다듬고 안아준다. 아무것도 안지 못했다는 것을 알지만 계속 양팔을 내민다. 망상으로 쌓여 있는 나를 동정한다. 곧 무너지고 말 슬플 정도로 행복한 망상을 바라보고 파헤치며 가엾어한다. 바스러진 내가 미래의 눈으로 보이기에 동정한다. 너는 불쌍한 아이야. 너는 고독하고 나아지길 바라왔고 현실을 애써 잊으려 머릿속을 가짜로 채웠지. 끝을 맺지 못하여 괴로워하고 잊힌 기억들을 불러와서라도 절벽으로 떨어지고 싶어 하지만 아무것도 느껴지지 않네. 마지막을 바라고 있어. 계속 앞만 바라보고 있어. 잘 자라고 전해 주고 싶은데 이미 쓰러져 있어서 들리지 않겠지.

가엾은 아가.

제발 좋은 꿈만을 꾸고

다시는 눈을 뜨지 말아 줘.

아빠가 쓰러졌다는 연락이 세 번째가 되었을 때, 나와 언니는 이번에도 시술 후에 다시 일어나겠지라는 생각과 함께 병원으로 향했다. 하지만 아빠는 다시는 일어나지 못했다.

수십 리터의 혈액을 주입해도 피는 순환하지 않고 차갑게 식어버린 머리는 의학에 지식이 없는 나조차도 예상이 가는 상태였다. 곧 의사는 우리에게 마음의 준비를 하라는 말을 전했다.

아빠와 친했던 이모, 삼촌들이 병원을 찾아와서 언니

와 나의 상태를 걱정해 주었다. 당시엔 전염병이 유행이던 시기였기에 전부 들어갈 수 없었고, 한 명씩 돌아가며 아빠를 보게 하였다. 언니가 나오고 내가 들어갈 차례가 되었다.

나는 가만히 아빠를 살펴보다가 손을 만졌다. 나에게 폭력을 휘둘렀던 그 손. 차가웠다. 만약에 기적이 일어나도 다시는 나를 때리진 못하겠구나. 나는 형용할 수 없는 마음으로 마스크 아래로 무슨 표정을 지어야 하나 고민했다. 그리고 아빠의 얼굴을 만졌다. 차가웠다. 내가 이리도 아빠를 어루만지고 있음에도 불구하고 아빠는 의식 없이 호흡기에 의지하며 숨을 연명하고 있을 뿐이었다.

그리고 새벽 12시로 넘어가기 수 분 전, 아빠는 이 세상을 등졌다.

맥박과 혈압이 순식간에 낮아져서 아빠가 떠나버리기 전, 의사는 모두를 들어올 수 있게 허가하였고 그렇게 아빠는 사람들에게 덕담을 받았다. 나는 아빠의 얼굴을 쓰다듬으며 나오지 않는 내 목소리를 끄집어내어 마지막으로

"사랑해, 잘 가."

라는 말과 함께 아빠를 보냈다.
그래 마지막이니까.

사랑해, 잘 가.

사랑했었어.

잘 가, 안녕.

일어나지 않았다

장례식을 시작하기 전, 준비는 큰아빠가 도맡아서 해주었다. 덕분에 언니와 나는 그저 장례식을 맞이할 마음가짐만 가지고 있으면 됐다. 하지만 내게 생긴 가장 큰 고민은 이 사실을 친구들에게 알려야 할까 하는 것이었다.

고등학교 때부터 이어져 왔던 친구들과의 연은 깊다고 생각해 왔지만, 나에 대한 어두운 사실은 알리고 싶지 않아 감추고 살아왔다. 심지어 아빠가 암을 선고받았다는 사실 또한 알리지 않고 살아왔기에 갑작스러운 부고 소식은 다들 놀랄 것만 같았다. 하지만 언니의 생각은 달랐다. 언니는 그런 절친한 친구들에게는 더더욱 알려야 그것이 예의라고 하였다. 그 말은 들은 나는 잠시 고민하다가 가장 친하다고 여겼던 친구들에게만 단체로 문자를 돌렸다.

문자를 받은 친구들은 몇 분이 채 되지 않아 내게 연락이 왔다. 인상 깊었던 친구의 전화 내용 중 하나는 위로해 주려 전화를 했으나 도리어 자신이 울어버린 것이었다. 왜냐고 묻자 부친상에도 불구하고 덤덤한 내 목소리가 더 슬프다고 말했다. 그 말을 듣고 나서야 나는 나의 목소리가 무덤덤하다는 것을 자각했고 어떻게 대답해야 할지 잠시 고민하다가 웃어넘겼다.

차례차례 연락이 온 친구들은 장례 절차를 묻더니 당연히 가야지라는 말들을 남겼다. 그중엔 거리가 멀어 비행기를 타고 와야 하는 친구도 있었는데 오겠다는 말에 내심 감동했다. 다만 시간이 맞지 않아 모두 시간에 맞춰 못 오겠다고 사과하는 친구도 있었으나 나는 그래도 오려고 노력하는 모습에 또다시 감동하였다.

다 같이 못 올 것처럼 말하던 내게 문자를 받은 친구들은 거짓말처럼 그 당일에 모두 참석하였고 내게 위로의 말을 전했다. 그중에는 이런 경우가 처음이라 차마 위로의 말을 잘 건네어 주지 못한 친구들도 더러 있었지만 그 모습도 내게 큰 위로가 되어주었다.

장례식 첫날은 그렇게 친구들과 함께 마무리되었다. 몇몇 친구들은 다음 날까지 나와 함께 있어 주었고 더 있어 주겠다는 친구를 마다하고 나와 언니가 집까지 데려다주었다. 그렇게 나는 장례식의 두 번째 날을 맞이하게 되었다.

그날이 고비였다. 입관식이 있던 날. 아빠를 다시 마주해야 하던 날이었다. 나는 입관식을 진행하던 의자에 앉아서 아빠가 깨끗이 마무리되는 모습을 지켜보았다. 주변 사람들과 친척 중에는 차마 그 장면을 보지 못하고 그곳에서 벗어나는 사람도 있었다. 나는 끝까지 보다가 입관하기 전, 마지막 인사를 나누러 오라는 말이 들려와 입관 장소로 들어갔다.

마지막으로 아빠의 얼굴을 보았다. 눈을 감고 있는 모습. 내가 생각하던 시체의 모습이 아니었다. 나는 아빠의 차가운 얼굴을 어루만졌다. 여전히 부드러웠다. 매우 찼다는 것만 제외하면 말이다. 핏기도 있고 금방이라도 '놀랐지?'라는 말과 함께 일어나서 나에게 말을 건넬 것만 같은데.

아빠는 일어나지 않았다.

어쩌면 그날 죽은 건 나였을지도.

장례식을 마치고 집에 돌아왔다. 집에 들어서자마자
눈에 띈 것은 빨래 건조대에 널린 아빠의 옷들이었다.
이제 와서 생각해 보면 아빠는 마지막으로 쓰러진 그날
까지 온전한 상태였다. 그러니까 의식도 멀쩡하고 걷고
말도 잘했다. 그 상태에서 빨래도 하고 자신의 옷을 건
조대에 널고 나에게

"아빠 다녀올게."

라는 말과 함께 나갔다. 그 뒤론 돌아오지 못했지만.

나는 남겨진 옷들을 보며 울었다. 왜인지는 나조차도 모르겠다. 계속 울었다. 하염없이 울었다. 언니는 그런 나를 바라보다가 자신의 방으로 들어갔다. 고양이들은 나를 의아한 눈빛으로 바라보았다. 해방감? 부모를 잃은 슬픔? 모르겠다. 감정이 휘몰아치는 것을 막을 수 없었다. 그렇게 한참을 울었다.

그 뒤로 집에는 언니와 나만이 살게 되었다. 그 넓던 아빠의 방은 금방 정리가 되었고 내가 자리하게 되었다. 집에서 가장 좁은 방에 살던 나는 항상 아빠의 방을 탐냈고 그런 나를 자각한 아빠는 우스갯소리로 내게 말하곤 했다.

"아빠 죽으면 네가 이 방 써."

그 말을 들은 나는 그것이 현실이 될 줄은 몰랐다. 항상 자신이 죽기를 바랐던 나는 내가 먼저 죽을 거라고 마음속 한 곳에 생각을 담아두었으니까.

아빠의 넓은 침대에 누우니 아빠의 냄새가 났다. 나는 그곳에서 가만히 누워있다가 수면제도 없이 잠들었다. 그리고 아무런 꿈도 꾸지 않고 일어났다. 아빠가 나오는 꿈을 꾸지는 않을까라는 생각을 하기도 했지만 어쩌면 나에게 이전부터 아빠란 존재는 정리되었는지도 모른다.

감정이 진정되고 나는 내 개인 SNS에 들어갔다. 내 타임라인의 사람들은 늘 똑같았다. 일상 얘기, 게임 얘기 등등…. 그분들의 일상에 변화를 주기 싫어서 난 내 개인 사정을 알리지 않았다.

그렇게 모든 게 마무리되어갔다.

한 사람의 인생이

세상에서 지워지는 게

이토록 쉬운 것임을

나는 그때 알게 되었다.

언니. 그래, 나에겐 1살 위의 언니가 있다. 나는 언니
가 좋았다. 적어도 유일하게 나를 싫어하지 않는 존재
였다. 언니는 나와는 다르게 머리가 좋았다. 똑똑하고
꾀가 많았다. 그리고 어릴 때부터 영재 교육을 받았다.
수학과 과학 분야에 재능이 있었다. 나는 그런 언니를
보며… 그래, 솔직히 마냥 존경하지는 않았다. 질투도
했고 나와는 다르게 반항도 잘 해서 늘 폭력에 순응하
는 나와는 다르다고 느껴졌다. 늘 집에만 있으면서 아
무것도 안 하는 나와는 달리 언니는 고등학교를 졸업하
자마자 아르바이트를 하였다. 아빠가 꾸준히 용돈을 주
는 상황에서도 말이다.

그런 언니가 이제는 집의 가장이 되었다. 아빠가 죽고 그 이후의 모든 처리는 언니가 맡게 되었다. 내가 할 수 있는 건 그런 언니를 뒤따라 다니면서 잡일을 돕는 것뿐이었다.

나는 더더욱 망가졌다. 자살 시도도 많이 하고 술, 담배도 자주 하게 되었다. 그런 나를 언니는 힘들어했다. 몇 개월이 지났을까. 수차례 경고했음에도 불구하고 계속 사고를 치던 나를 못 버티고 언니는 집을 나서기로 하였다. 이미 경고를 하고 나서기로 한 것이기에 나는 말릴 자격도 되지 않았다. 그렇게 나는 혼자 집에 남겨졌다. 그 세 명이나 살던 그 넓은 집에. 그리고 나도 이 집을 떠나기로 마음먹었다.

나는 원룸을 알아보았다. 혼자 살기에 적당한 곳을 친구와 의논했고, 생활하기 좋은 곳을 발견하고 계약하게 되었다. 짐 정리와 운반은 아빠와 친했던 삼촌들과 이모들이 도와주었다. 고마우신 분들이다.

삼촌들과 이모들은 자신들을 제2의 부모라 부르라면서 우리 자매들을 친근하게 대해 주려고 노력하셨다. 매달 한 번씩 모여서 식사를 대접해 주셨고, 덕담이 오고 가기도 하였다.

그렇게 우리 자매는 세 명이서 살던 집을 떠나고 갈라지게 되었지만 서로 안부를 묻는 등의 연락은 끊임없이 하였다.

언니 보고 싶다.

나는 어쩔 때
아무것도 느껴지지 않아요.

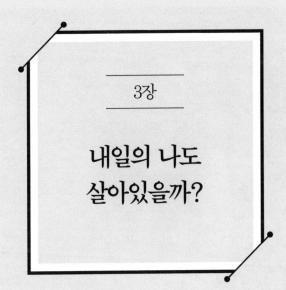

3장

내일의 나도
살아있을까?

아무도 없어 ….

내게 남은 유일한 것

모든 것을 잃기만 하고 살아왔던 나에게 유일하게 남아 있는 것은 친구라는 존재였다. 어린 시절, 친구라는 존재로부터 늘 괴롭기만 했던 기억이 무색하게 남은 건 친구들뿐이라니. 이 사실이 친구들과 마주할 때마다 떠오르면 내 목을 옥죄어 드는 것만 같았다. 지금의 친구들이 내 과거를 알게 되면 어떤 반응을 보일까, 나를 경멸할까? 나를 버릴까? 글을 쓰면서도 두렵다. 만약에 나를 버리면 어떡하지. 그러면 정말 나에겐 아무것도 남지 않게 되는 건데. 불안함을 비릴 수가 없다.

그럼에도 불구하고 나는 홀로 남아 집에 있는 시간을

버티기 싫어 줄곧 친구를 부르곤 한다. 그런 나를 자각했다는 듯이 내가 이상한 행동을 할 때면 "집에 갈래." 라는 말로 나를 압박한다. 혼자 있으면 모든 것이 내 목을 조르는 걸 매초 느껴야 하는 나에게 그 말 한마디가 지옥을 마주하게 한다는 것도 모르면서. 아니, 어쩌면 알고 있기에 그런 말을 하는 걸까.

처음으로 친구들에게 내 자해 흔적을 들켰을 때가 생각난다. 친구들은 이미 알고 있었다는 듯이 내 상처를 쓰다듬으며 말했다.

"하지 마, 아프잖아."

아이들은 나를 혼내지 않았고, 화내지도 않았다. 순수하게 내가 아프지 않았음을 바라는 듯한 한 마디. 터져 나오려던 울음을 참아내느라 기를 썼다. 그 이후로는 친구들 앞에서 상처를 가리지도, 우울한 표정을 감추려고도 하지 않았다. 내 생각과 마음을 표현하려고 많이 노력했다.

나와 친구들은 연말만 되면 우리만의 작은 이벤트를 한다. 예를 들면 마니또라든지, 아니면 롤링페이퍼 작성이라든지. 지난해는 롤링페이퍼를 작성했다. 다 같이 모여서 응원의 말과 하고 싶은 말을 적었다. 나는 롤링페이퍼에 적혀 있는 말들이 마음에 들어 사진을 찍고 오랜 기간 동안 배경화면으로 해 두었다. 친구들이 적어준 응원의 메시지는 언제 보아도 힘이 돋았다.

만약 내가 죽으려고 다짐한 날에 친구들이 없었으면 나는 이미 이 세상에 없겠지. 한때는 나를 말렸던 친구들이 원망스럽기도 했다. 하지만 이제는 가끔씩 고맙다는 생각이 든다.

'내 억지 들어줘서 고마워. 민폐 받아줘서 고마워. 날 버리지 않아 줘서 고마워.'

그리고 소중한 이모들과 삼촌들. 전부 아빠의 친구들이었다. 아빠가 죽는 순간에도 나와 함께했고 장례식도 마치 자기 일처럼 도와주셨다. 그 이후로도 한 달에 한 번씩 모임을 갖자며 언니와 나를 불렀다. 함께 못다 한 얘기도 하고, 안부도 물으며 우리는 정기적으로 모였다. 그리고 내가 아프거나 정신적으로 많이 힘들 때도 와서 간병해 주기도 했다. 정말 많은 민폐를 끼쳤음에도 불구하고 나를 붙잡고 이끌어 주었다.

그 다정함에 중독될 것만 같았고, 상냥한 말을 주고받을 때마다 나는 왠지 가슴 한편이 아려왔다. 아빠로 인해 이어진 인연. 그토록 미웠지만 사랑했던 아빠. 정작 당사자는 이제 이 세상에 없지만 늘 우리와 함께해서 그렇게 좋아하던 술을 마시고 있는 것만 같았다. 그렇

게 이모와 삼촌들과도 인연이 이어진 채 살았다. 늘 고

마워요 다들.

이 자리를 빌려

말해 본다.

다들 사랑해요,

소중한 존재들.

무기력

어느 연도부터였을까? 나는 무기력함에 절여 져서 웬만한 일 말고는 침대 밖으로 나가지 않는다. 정말 급한 일이 아닌 이상 꿈쩍도 하지 않는다. 이런 생활이 유지가 되니까 살도 찌고 무기력함은 점점 나를 감싸 안았다. 무기력이 너무 심해서 정신과 약도 안 먹기 시작했을 때였다. 엄청난 조증 증상과 함께 이곳저곳을 돌아다녔다. 잠도 2~3일 안 자고, 돈을 펑펑 쓰곤 했다. 쓸모없는 물건을 사거나, 멀쩡한 스마트폰을 새것으로 교체히기도 했다.

그리고 다시 약을 먹기 시작하자 조증 증상은 가라앉

았으나, 다시 무기력함이 찾아왔다. 주변에서 조언도 들어보고, 인터넷에서 해결 방법을 검색해 보기도 했지만 나는 침대 밖으로 나가지 않았다. 그러자 점점 우울증 증상은 심해져만 갔다.

언제부터였을까,

침대 옆 유리창을 바라보면 내가 비쳐 보이지 않았다.

거울을 보아도 내 얼굴이 제대로 보이지 않았다. 이것도 환각 중 하나인가, 하고 넘겼는데 날이 지날수록 점점 내 얼굴이 뒤틀려 보였다. 거울에 비치는 내가 혐오스러웠다. 보고 싶지 않았다. 그 이후로 나는 탁상거울을 모조리 덮어놓았다. 나는 이런 내가 걱정이 되어 병원을 찾아가게 된다.

나는 어떨 때
너무 큰 기쁨을 느껴요.

나는 어떨 때
너무 괴로워요.

나는 어떨 때
아무것도 느껴지지 않아요.

나는 그동안 나를 괴롭혀 왔던 것에 대하여 의사 선생님에게 말했다. 의사 선생님은 예상했다는 듯이 듣고 있더니 내게 조심스레 말했다. 나라에서 병원비 지원을 받을 수 있게 되었다고.

'좋은 소식인데 왜 조심스레 말하는 거지'라는 의문을 품고 상담실을 나오자 간호사가 다가왔다. 손에는 처음 보는 서류들을 들고서. 나는 서류를 자세히 보았다. 그리고 서류 가운데 크게 적힌 그 단어를 보게 되었다.

[중증난치질환]

중증? 난치? 내가?

나는 오히려 늘어 버린 의문과 함께 서류 구석에 적혀 있는 상병코드를 인터넷에 검색해 보았다.

그러자 검색 결과 창에 조금 생소한 단어가 나왔다.

[조현정동장애]

처음 보는 질환명이었다. 자세히 보니 조울증과 조현병의 증상이 동시에 보이는 질환을 가리키는 단어였다. 우울증과 조현병은 이해가 갔지만 조증 증상은 없다고 말해 보았다. 하지만 과소비, 수면 부족 또한 조증의 증상이라고 하길래 조금 수긍했다.

간호사 선생님이 가져온 서류를 제출하면 '산정 특례 혜택(진료비, 약값 감면)'을 받을 수 있다며 신청하고 오라고 했다. 하지만 나는 신청할 수 없었다. 내가 그만큼 심각하다는 것을 받아들이기 힘들어서였다. 그리고 이렇게 서류상으로 등록이 되어 버리면 더 이상 돌이킬 수 없는 강을 건너가는 것 같아서….

결국에는 진료비 절약을 위해 신청했지만 여전히 나는 행복하지 않았다. [조현정동장애]라는 꼬리표를 영원히 달고 살겠구나. 그리고 [중증난치질환]이라는 이름에 걸맞게 나는 치료될 수 있는 확률이 희박하구나…. 옅게 피어오르던 희망의 불씨는 그렇게 꺼졌다.

나아질 수 없어.

생각할 수 없어.

아무도 없어.

아무도 없어….

자취를 시작하고 이전 집을 팔고 남은 돈을 다 소진
해갈 즈음. 나는 취업을 해야겠다는 압박감이 들기 시
작했다. 그렇게 공고를 뒤적거리던 중 대학병원 원무과
에 지원하고 면접에 합격하여 그곳에 다니게 되었다.
하지만 집 안에서 현실도피만 하던 생활이 너무 길었던
탓일까. 바깥에서의 생활은 피해망상 가득한 내게 너무
유해하게만 느껴졌다.

다른 사람의 숨소리가 한숨 소리로 다가오고, 다른 이
의 시선은 나를 바늘로 찌르는 것처럼 느껴졌다. 와중
에 환청은 계속해서 나를 괴롭혔고, 급기야 모든 사람

이 나를 비웃는 것처럼 느껴졌다. 커다란 바늘로 온몸을 찌르는 듯한 괴리감은 나를 포기하게 만들었고 결국 3일도 채 되지 않아 일을 그만두게 되었다.

그 이후도 마찬가지였다. 대기업, 중소기업, 그 어떠한 곳에서도 나는 머물 수 없었다. 그 뒤로 내가 선택한 것은 다시 집안에서 있기였다. 결국 내게는 회피밖에 없었다. 더 이상 아무것도 할 수 없었고, 하고 싶다는 생각조차 들지 않았다. 가끔씩이라도 연락이 오는 엄마의 말은 내게 비수를 꽂았다.

"어차피 관둘 건데, 왜 지원하니?"

그때 생각했다.
'아 나는 안 되는 인간이구나. 도전해서는 안 되는구나.'

나 자신이 쓰레기와 같게 느껴졌다. 정말이지, 내 미래가 가망 없게 느껴졌다. 남들처럼 산다는 건 뭘까. 나도 모두처럼 당연하듯이 취업하고 돈을 벌며 휴가도 가고 당당하게 커리어를 쌓고…. 그래 남들처럼. 나는 그게 쉬울 줄만 알았다. 하지만 내게 '남들처럼' 산다는 것은 '당연히 할 수 있는 것'에 해당되지 않았다. 그러면 내가 할 수 있는 것은 뭘까. 이때부터 핸드폰에 일상을 기록하기 시작했다. 아주 사소한 것부터 차근차근. 마치 마지막 일기장처럼. 그렇게 내 인생을 정리해 갔다.

거울을 보니 모든 게
그대로였어.

나아지지 않았어.
눈물이 계속 흘러내려.

너무 슬픈 마음을
주체할 수 없어 눈물이 고여서
앞이 흐려지고 괴롭다.

버틸 수 없을 것 같아.
슬픔이 흘러내린다.
그러나 내게서 벗어나진 못했다.

나의 취향

나는 좋아하는 것이 별로 없다. 좋아하는 색, 좋아하는 날씨, 좋아하는 음식. 그냥 모든 걸 가리지 않고 다 수용하는 편이다. 그러나 좋아한다고 당당히 말할 수 있는 건 없다. 어릴 적 검은색이 좋다고 말한 적이 있었다. 하지만 왜 그런 색을 좋아하냐고 꾸중을 들은 이후로부터는 더 이상 좋아하는 것에 대해 생각하지 않았다. 이상형도 남들이 잘생기고 예쁘다고 말하는 사람들을 떠올려서 말하곤 했다.

어쩌다가 이렇게 된 걸까. 설령 좋아하는 것이 생겨도 남들에게 말하기는 쉽지 않았다. 말해 봤자 비탄 받을

지도 모른다는 생각에 벌리려던 입을 다시 꾹 닫아버리곤 한다.

　결과적으로 나는 남들이 흔히 말하는 무색무취의 인간이 되었다. 누군가 내게 취향을 물으면
　"아무거나 좋아."
　이렇게 말해 버리는 인간이 된 것이다. 나도 내가 재미없는 사람인 걸 안다. 하지만 그 무엇보다 사람들의 눈초리가 싫었기에, 혼나기 싫었기에, 선택으로부터 도망치는 비겁한 사람이 된 것이다. 이런 내가 질려도 괜찮아. 미워하지만 말아 줘. 제발 날 버리지 말아 줘.

수증기처럼 날아가고 싶어.

사랑이 도대체 뭐길래

20대가 되면서 친구들끼리 만나면 온통 사랑 이야기 밖에 들려오지 않는다. 어서 애인을 만나야 한다든지, 고백을 할까 말까 고민한다든지. 하지만 나는 이런 얘기만 나오면 지루해지고 할 말이 없어진다. 나는 부모 간의 사랑도 제대로 못 받고 자라왔다고 생각하기 때문일지도 모른다. 그렇기에 사랑이란 허무한 것이라고 생각한다. 아무리 서로가 좋아서 연애를 한다고 한들 그 관계가 오래 지속된다는 보장도 없고

하지만 모순되게도 나는 평생을 사랑받고 싶다고 생각했다. 드라마에서나 볼 수 있는 그런 사랑은 바라지도

않는다. 그저 평균 이하라도 받고 싶다고, 그렇게 생각해 왔다. 하지만 돌아오는 건 끝없는 폭력이었기에 내게 있어서 무언가를 바란다는 것은 사치다. 당장 뉴스 기사들을 조금만 봐도 가정폭력, 데이트 폭력 등등… 사랑이 무조건적인 행복을 의미하는 것이 아님을 알게 해 준다.

나는 사랑 때문에 외롭고, 갈증 나는 삶을 너무 오랜 기간 버텨 왔다. 내게 애인을 만들라는 소리는 과거에 있던 그 수많은 폭력을 머릿속으로 자아내게 만든다.

그래서 이쯤 되면 드는 생각은 '나는 무성애자인가?' 이다. 나는 궁금증에 무성애자를 검색해 보았다. 찾아보니 무성애자는 이 키워드 내에 또 다른 카테고리가 있었다. 예를 들어 성적 끌림을 경험하지 않는 에이섹슈얼, 로맨틱 끌림을 느끼지 않는 경우는 무로맨틱, 무성애와 유성애의 중간인 그레이섹슈얼 등등. 종류가 상당히 많

있다. 나는 무성애자의 상징인 '케이크'가 마음에 들었다.

"섹X보다 케이크가 더 좋다."

정말 공감이 되는 부분이었다. 나는 사람끼리 얽혀서 관계를 맺는 것보다. 달콤한 케이크 한 조각에 더 만족감을 느낄 것 같다. 나는 무성애자에 대해 조사해 보았고 내 성 정체성은 무성애자구나라는 결론을 냈다.

여태껏 사람들에게 고백을 받아도 꺼림칙하다는 생각만 들었다. 하지만 왜 그랬는지 무성애자라는 성 정체성이 잘 설명해 주었다.

그래서 나온 나의 결론은 사랑은 나와 거리가 먼 것이라는 생각이었다. 사실 어쩌면 무성애자가 아니라 받아 보지 못했던 것에 대한 미지의 공포가 작용했을지도 모른다. 하지만 나를 무성애자라고 칭하겠다. 무성애자라는 호칭을 달고 다니면 비난받을지도 모른다.

'연애를 안 하는 게 아니라 못하는 거겠지!'

틀린 말은 아니라고 생각한다. 나는 사랑이 두렵다. 매체에서 그리고 주변에서는 사랑에 목매어 사는 사람들이 많기 때문인 것도 같다. 도대체 사랑이 뭐길래 돈을 펑펑 쓰고, 주변도 안 보이게 되는 걸까. 나로서는 이해하기 힘들다. 이해하고 싶지도 않고.

만약에, 아주 만약에 내가 어릴 적으로 돌아가서 부모님에게

"사랑해주세요."

한 마디를 하면 무슨 반응을 보일까. 때리려나. 상상만 해도 두려움이 치솟는다. 생각만으로 눈물이 나려고 한다. 맞을까 봐 생기는 슬픔보다는 그만큼 내가 사랑

받지 못하고 자라 왔다는 게 고스란히 느껴져서…. 비참한 기분과 함께 눈물이 떨어진다. 어쩌면 나는 사랑이 두려운 이 감정을 무성애자라는 단어로 무마시키려고 하는 걸지도 모른다.

여전히 나는 공원에 산책을 나온 화목한 가족, 단란하게 모여 식사하는 가족, 즐겁게 연락하는 가족을 보면 눈물이 날 것만 같다. 내가 평생토록 바라던 가족, 그리고 사랑. 이제는 평생 느낄 수 없겠다는 생각이 나를 더 쓸쓸하게 만든다.

아마

난 영원히 사랑받을 수 없겠지.

영원히 나는 고독하겠지.

영원히 나는 혼자겠지.

실낱같던 인연의 끝

어릴 적 부모님의 이혼으로 헤어지게 되었던 엄마는 아빠가 죽은 뒤로 연락이 더 자주 왔다. 아빠의 빈자리를 대신해 주고 싶다는 듯이. 하지만 엄마는 우울증과 과대망상이 심했다. 한 번이라도 전화를 못 받는 경우가 생기면 '죽어버릴 거야.', '엄마가 싫어졌니?'라고 문자가 오곤 했다. 엄마가 그럴 때마다 나에게는 불안이 싹을 틔웠고, 이를 통해 엄마는 이 불안한 연을 끊지 못하게 하였다.

그러던 어느 날, 엄마가 몇 번을 전화해도 받지 않고 문자도 보지 않았다. 나는 불안감에 계속 연락을 시도

하다가 결국 경찰에 신고했다. 경찰에게 엄마는 우울증이 심하고, 알코올중독임을 알리자 경찰도 심각성을 알아차린 듯 위치 추적과 방문을 해 보겠다고 했다.

곧 경찰의 대답을 들을 수 있었다. 엄마는 잘 계신다고. 나는 안도감과 동시에 다시 엄마에게 연락을 시도했고, 드디어 연락이 닿았다. 그리고 들려오는 목소리는 서늘했다.

"다신 연락하지 마, 너도 엄마 싫잖아."

나는 걱정이 되어서 경찰에 연락도 했는데 돌아온 말이 손절하자는 말이라니. 나도 기분이 많이 좋지 않았다.

"무슨 말을 그렇게 해…?"
"싫은데 억지로 연락하지 말고 다신 말 걸지 말라고."
갑자기 왜 그런지 이유를 묻기도 전에 전화가 끊겼다.

그나마 남아 있던 연이 이렇게 끊겼다. 나는 이렇게 또 버려지는구나. 혼자구나. 이제 내게 남은 건 아무것도 없었다. 이제 드디어 혼자구나! 이제 내 인생을 끝내도 되겠구나. 반쯤 미쳐가던 날이었다.

안녕, 엄마.
안녕, 나 자신!

세상과의 연락을

끊고 싶었다.

죽자, 죽어

　죽어야겠다고 마음먹은 순간 나는 눈에 보이는 수건을 높은 곳에 매달아 목을 맬 곳을 마련했다. 수건걸이에 걸려 있는 수건. 나는 그곳에 목을 가볍게 매달아 보았다. 튼튼했다. 나를 죽음으로 인도하기에 충분했다. 나는 그래도 여태껏 날 신경 써주었던 상담 선생님께 마지막 인사는 해야겠다고 다짐한 후, 선생님께 연락했다. 그러나 받지 않았다. 나는 선생님이 받을 때까지 기다렸고 그렇게 3시간 정도가 지났다.

　어서 죽고 싶은데. 눈물이 계속 흘렀다. 폐암에 걸려서라도 죽어버리겠다는 마음가짐으로 기다리는 시간

내내 담배를 물고 있었다. 담뱃불이 나를 불태워 화장
시켜 주었으면 하였고, 화장실 안 가득 찬 연기들이 내
목을 졸라 죽여 주었으면 했다.

얼마나 자학을 하고 있었을 즈음이었을까. 상담 선생
님으로부터 연락이 왔다. 나는 상담 선생님에게 작별
인사를 고함과 동시에 전화를 끊을 참이었다. 나는 나
오는 눈물을 꾸역꾸역 참아내며 '죄송해요.' 한 마디를
겨우 내뱉었다.

그러자 상담 선생님은 나를 달래기 시작하더니 자신
이 숨기고 있던 비밀 이야기가 있는데 내일 만나면 알
려주겠다면서 나를 설득하기 시작했다. 솔직히 말해서
관심 없었다. 그 순간만큼은 그저 이 세상에서 사라지
고 싶다는 생각만이 머릿속에 가득 찼기 때문이다. 그
렇지만 '속는 셈 치고 들어볼까'라는 마음으로 알겠다

는 한 마디와 함께 전화를 마쳤다.

　다음 날 상담 선생님을 찾아갔고 우리 둘은 이야기를 하기 시작했다. 결론부터 말하자면 비밀 이야기라는 건 없었다. 그저 나를 그 순간으로부터 구하기 위한 미끼였다는 것을 알고 있었다. 나는 화가 나지도, 더욱 우울해 하지도 않았다. 그저 공허했다. 더 이상 죽고 싶은 마음도, 살고 싶은 마음도 들지 않았다. 모두가 나를 버린 것처럼 나 또한 나 자신을 버렸다. 재활용도 안 되는 쓰레기. 나는 자신을 종량제 봉투에 꽉 묶어 방 한구석에 두었다.

나는 그냥 평범하게

살고 싶었을 뿐인데.

죽고 싶지 않아.

하지만 삶이 나보고 죽으라고 몰아간다.

죽지 않으면 안 될 것 같은 기분.

살아가는 데에 죄책감이 생긴다.

나

세상엔 짊어져야 하는 가장 큰 과제인 '나'라는 존재
가 남아 있었다. 나는 여전히 환각 속에 빠져서 살고 있
다. 그런 내가 이후에 정신을 완전히 놓아 버리면 어쩌
지 싶어서 평소에는 가끔씩 쓰던 메모를 조금 더 자주
쓰기 시작했다.

그러나 나중에 메모장을 확인해 보면 알 수 없는 말
이 적혀 있는 경우가 대다수였다. 나는 이런 나를 향해
동정의 표를 주기도 하다가도 동시에 혐오스러웠다. 그
럼에도 계속 썼다. 누군가가 보면 내 괴로움을 알아주
길 바라서.

나는 버스정류장에 서서 도로에 으깨어진 나의 모습을 본다. 마치 처음 그날을 성공적으로 마무리한 듯한 나의 모습처럼. 그럴 때마다 나는 흩뿌려진 나를 주워 담아 끌어안고 싶었다. 과거의 나 그리고 현재와 내일의 나를 동정하면서.

아직까지는 마음 한구석 종량제 봉투에 묶인 나 자신을 풀어주기에는 조금 더 시간이 필요할 것 같다. 어쩌면 이대로 불태워 버릴지도, 사람은 기름을 끼얹지 않는 이상 잘 타지도 않는다던데, 나는 나 자신을 어떻게 구분해서 세상 밖으로 버려야 하는지 모르겠다. 쓰레기는 시간이 지나 흙으로 돌아가는 것처럼 나 또한 언젠가 흙으로 돌아가겠지. 그때가 오면 나는 나를 온전히 사랑할 수 있을까. 고민을 하면 할수록 하루를 더 살아가게 되는 나날을 보내며 산다. 아무것도 보이지 않는 미래를 쳐다보며.

눈물이 고여서 앞이 흐려지는 와중에 글을 쓰고 있다. 괴로워. 버틸 수 없을 것 같아. 그럼에도 불구하고 나는 기름진 눈물 속에 잠긴 나를 꺼낸다.

가라앉고 떠오르고 다시 가라앉는다.
끝도 없이.

잠겨 있는 나를 꺼내자.
일어나자, 오로지 내일을 위해서라도.

과거의 가치

나는 내가 겪어온 시간이 그리 가치가 있는지 고민을 자주 했었다. 나를 스쳐간 모든 것이 전부 날 성장시키기 위한 것이었나. 아니면 그저 절망시키기 위한 신의 장난인 건가. 어떠한 이유라도 상관없다. 과거는 더 이상 바꿀 수 없으니까. 과거를 뒤로하고 이제는 현재를 살아가야 하니까. 그러나 나는 아직도 과거에 머물고 있다.

'아, 그날 이랬다면 이런 일들을 겪지 않아도 됐을 텐데.'
'아니, 차라리 그날 죽었더라면…'

이런 후회가 나를 감싼다. 괴로웠던 과거에서 벗어났

다고 생각하면 더 큰 괴로움이 날 찾아온다. 이러한 시간들을 겪으며 나는 무뎌졌을지도 모른다. 슬프다는 감정을 느껴도 차마 나오지 않는 눈물들. 행복을 느껴도 온전히 웃을 수 없는 나. 나에겐 공허함밖에 남지 않았다. 과거의 시간들이 나를 조각내었다. 어쩌면 고마워해야 하는 걸까. 덕분에 이제 상처받아도 웃으며 넘기는 법을 배웠으니까. 나는 이러한 과거를 차분히 정리해 나갔다. 이삿짐을 꾸리듯이. 모든 것을 정리하기로 했다.

밖은 밝아가고

나는 눈을 감아 어두워지는

나 자신을 동정한다.

잠겨 있는 나를 꺼내며

나의 과거를 정리한다는 것은 생각보다 괴로운 일이
었다. 잊으려고 애써왔던 기억들을 끄집어내야 했으니
까. 처음에는 과거를 기록하는 시간보다 차오르는 눈물
을 닦아내는 시간이 더 길었다. 아무리 덤덤한 표정을
지으려고 노력해 보아도 뺨을 타고 흐르는 눈물은 막
을 수 없었다. 슬픔은 수용성이라고 하던가, 글을 쓰다
가 씻고 나왔다가를 반복하며 키보드를 두드렸다. 머리
카락에서 물기가 떨어질 때면 눈물도 같이 흘러내렸다.
비를 흠뻑 맞듯이 나는 나를 녹었다.

나는 과거라는 쓰레기들을 집어서 플라스틱, 병, 캔,

일반 쓰레기를 분리하듯이 차곡차곡 담았다. 오랜 시간이 지나 썩어버린 쓰레기 같은 나의 과거들. 너무 오랫동안 방치해 두었나 보다. 나는 내 손을 더럽히며 정리를 하였다. 정리가 마무리되어 갈 즈음, 나는 내 글을 천천히 읽어 보았다. 누가 보면 거짓말이라고 오해할 법한 불공평한 나의 삶. 나는 전생에 아주 큰 죄를 저질렀나 보다. 다시 눈물이 흘렀다.

너무나 비참한 나의 삶과

고독하게 살아온 나.

누가 자기 자신보다 나를 동정하겠는가? 곁에 아무도 없는 채, 그 누구도 나를 위로하지 않았지만 적어도 나는 나를 동정한다. 스스로를 동정한다는 것은 무엇보다도 비참한 일이었다.

나는 깨끗하게 정리된 과거를 차마 버릴 수 없어서 모아두기로 했다. 이렇게 과거를 기록해두면 누군가는 나를 동정해 주지 않을까라는 기대감. 그리고 누군가는 나를 혐오하지는 않을까라는 불안함이 공존했다. 식은 땀이 손과 얼굴을 적셨다. 아아, 이대로 내가 사라져 버린다면 어떨지 생각을 해 본다. 말라버린 낙엽처럼 사그라지겠지. 또한 그 누구도 나의 이야기를 알아주지 않겠지. 만약 그런다면 정말로 비참한 기분이 들 것 같아서, 큰 슬픔을 감당할 수 없을 것 같아서. 나는 내 이야기를 바깥으로 꺼내기로 했다. 과거라는 나의 깊은 늪을 드러내기로 했다.

늘 생각한다.

내일의 나도 살아있을까?

그건 아무도 모르는 일이다.

에필로그

　- 이제야 시작되는 나의 삶

하나뿐인 나.

한 번뿐인 인생.

너무 지겨운 말들이었습니다.

　제 글을 읽고 누군가는 희망을 가지고 누군가는 절망을

가지고 가겠지요.

저는 살아왔습니다.

제 인생을.

살아있습니다.

아직도

마침